I0546922

T3
184

T³
184

Ch.-Em. RUELLE

Administrateur de la Bibliothèque Sainte-Geneviève

Quelques mots

sur

Aétius d'Amida

(à propos d'une publication récente)

EXTRAIT DU BULLETIN

DE LA

Société française d'Histoire de la Médecine

(1903)

T 184

Quelques mots sur Aétius d'Amida [1]

(A propos d'une publication récente.)

PAR

Ch. Em. Ruelle,

Administrateur de la Bibliothèque Sainte-Geneviève.

La mise au jour d'un texte inédit est toujours faite pour piquer la curiosité des érudits ou des travailleurs qu'intéresse la matière traitée dans ce texte. On sait le bruit qui s'est fait autour des hymnes à Apollon, découverts avec leur musique notée sur des marbres de Delphes.

Je suis sûr que les amis de l'histoire médicale ne resteront pas indifférents à la nouvelle qu'un de leurs confrères de l'antiquité grecque, Aétius, qui pratiquait la médecine à Alexandrie vers le milieu du ve siècle, vient de donner lieu à l'édition critique de son seizième et dernier livre des *Iatrica*, relatif aux affections de l'utérus. Les Alde publièrent les huit premiers à Venise en 1534. Janus Cornarius donna une traduction latine complète de cette compilation, Lyon, 1549. Henri Estienne, en 1567, comprit la traduction de Cornarius dans sa collection intitulée : *Medicae artis principes.*

Mon vénéré maître en philologie médicale, Ch. Da-

(1) Extrait du *Bulletin de la Société française d'Histoire de la Médecine,* 1903.

remberg, possédait une copie du livre XI (sur les maladie de la vessie et des reins) exécutée par son digne collaborateur Bussemaker ; il voulait en publier tous les passages extraits de Rufus d'Ephèse, et son continuateur, signataire de la présente notice, compléta la publication de ce livre XI d'après divers manuscrits connus de Daremberg et de quelques autres qu'il ne pouvait connaître, dans les *Œuvres complètes de Rufus*.

Un médecin hellène, docteur de la Faculté de Paris, Georges Costomiris, correspondant de notre Académie de médecine, à qui l'on doit une précieuse bibliographie des médecins grecs inédits (1), donna en 1892 une édition critique du XIIe livre concernant la podagre, la sciatique et l'arthritisme. (Paris, C. Klincksieck.)

Bussemaker avait fait aussi une copie du livre XVI pour être publiée par Daremberg, mais elle ne s'est pas retrouvée dans les papiers du savant professeur.

Cette perte est réparée aujourd'hui par la publication dont il me reste à parler (2). Elle a pour titre : Ἀετίου περὶ τῶν ἐν μήτρᾳ παθῶν, ἤτοι λόγος ἑξκαιδέκατος καὶ τελευταῖος, etc. Aetii *sermo sextidecimus et ultimus erstens aus Handschriften veröffentlicht, mit Abbildungen, Bemerkungen und Erklærungen, von* Dr Skévos Zervos fr. Assitenzarzt im Spital Ihrer Kgl. Majest. der Konigin von Griechenland « Evangelismos » zu Athen. Leipzig, Ant. Mangkos, 1901.

La librairie allemande de Paris, à qui j'ai demandé ce livre, déjà épuisé, paraît-il, a eu beaucoup de peine à m'en procurer un exemplaire d'occasion pour la Bi-

(1) Dans la *Revue des études grecques*, 1889. — Cp. *Gaz. médicale*, 1889. Tiré à part (Klincksieck, 1890).

(2) Il y aurait encore à publier les livres IX, X, XIII, XIV et XV ; mais, à vrai dire, les huit premiers livres réclament une édition critique faite sur des manuscrits meilleurs que ceux qui ont servi à établir la publication aldine.

bliothèque Sainte-Geneviève, et encore à un prix bien supérieur au prix fort, qui est de 10 mark. Les figures sont au nombre de six, y compris le portrait de M. le Dr Zervos, qui porte tout au plus la trentaine. Espérons que le succès de son travail déterminera ce jeune médecin à le poursuivre jusqu'au complet achèvement d'une édition d'Aétius.

Après une épître dédicatoire à M. Cléon Rangabé, et la réponse élogieuse de l'éminent diplomate hellène, le volume contient un exposé par l'éditeur du plan suivi dans cette publication. M. Zervos a pris pour base de son édition le manuscrit 273 de Berlin et a mis à profit, outre un manuscrit de Vienne, celui de la collection de sir Thomas Phillips portant le n° 1534, actuellement à Berlin. Il déclare avoir fait son travail sans aucun secours étranger. Suit la liste des ouvrages anciens et modernes qu'il a consultés et visés. Le texte grec est précédé d'une table des chapitres du livre XVI. Plutôt que d'entreprendre l'analyse du texte d'Aétius, je donnerai ici la traduction française de cette table.

1. Position de l'utérus, sa dimension ; autres détails relatifs à sa conformation.

2. Ce qui se passe dans l'utérus d'une femme enceinte.

3. Production de l'arrière-faix.

4. Vers quelle année les femmes commencent à être réglées (14 ans)?

5. Par quels signes est-il annoncé aux jeunes filles que leurs règles vont apparaître?

6. Quand apparaît la semence et quand la femme commence-t-elle à concevoir?

7. A quels signes reconnaît-on la faculté de concevoir (1) ?

---

(1) Nous possédons un traité de Soranus d'Ephèse sur les maladies des femmes (Ed. Val. Rose) dans la Bibliotheca Teubneriana). — L'annotation de M. Zervos contient des rapprochements

8. A quoi reconnaît-on les femmes qui ont déjà conçu?

9. A quels signes, suivant les anciens, peut-on savoir si le fœtus est masculin ou féminin?

10. La pie (1) (Galien).

11. L'enflure des pieds pendant la grossesse.

12. Soins à donner aux femmes enceintes (Aspasie).

13. A quels signes prévoit-on que l'accouchement sera naturel?

14. Que doit-on recommander aux femmes dont l'accouchement est naturel?

15. Soins à donner quand l'accouchement est laborieux.

16. Quelles femmes sont impropres à la conception? — Moyens destructifs à employer dans ce cas.

— Procédés pour empêcher la grossesse ou pour la détruire.

17. Pessaires empêchant la grossesse.

18. Moyens pour la détruire (Aspasie).

— Pessaire destructif (Astala).

— Collyre rejetant sans douleur un fœtus de 3 mois.

19. Quels signes annoncent que la destruction aura lieu?

20. Comment faut-il procéder pour aider au rejet du fœtus détruit?

21. Sur les femmes dont le fœtus est détruit au second ou au troisième mois de grossesse.

22. De combien de manières l'accouchement devient laborieux dans les cas de génération anormale? (Aspasie.)

23. Traction du fœtus; section du fœtus (Philoumène).

---

intéressants du texte qu'il édite et des écrits de divers auteurs tels que Hippocrate, Hérophile, Arétée, le Protospathaire, etc.

(1) κίττη ou κίττα. Dégoût et caprice de l'estomac chez les femmes enceintes. Cp. Dioscoride, I, 187 (Bailly, Diction. grec).

24. Rejet de l'arrière-faix.

25. Soins à donner après la section du fœtus (Aspasie).

26. Causes pour lesquelles soit les hommes, soit les femmes, n'ont point d'enfants. Traitement et indices en cas de conception (utérus trop froid, etc.).

27. Traitement et indices lorsque l'utérus est trop froid.

28. Soins à donner et indices lorsque l'utérus est trop chaud.

29. Traitement des femmes qui ne conçoivent pas à cause de l'humidité de l'utérus.

30. Traitement des femmes qui ne conçoivent pas à cause de la sécheresse de l'utérus.

31. Traitement de diverses autres diathèses s'opposant à la gestation ; — des femmes qui sont dans ce cas à cause de l'épaisseur des humeurs séreuses. — Des femmes qui ne conçoivent pas à cause des gaz (produits dans l'utérus). — Des femmes dont l'utérus est fermé, et de celles dont l'utérus est béant et renversé.

32. Des femmes qui ne conçoivent point à cause d'une application de remèdes destructifs de la grossesse. — Comme quoi certains de ces remèdes, effectuant le remplissage des vaisseaux contenus dans l'utérus, rendent généralement cette diathèse incurable.

33. Soins à donner lorsque rien de fâcheux ne se manifeste.

34. Breuvages, pessaires et fumigations favorisant la conception.

35. Recette pour éviter que le lait se trouble dans les seins.

36. Du gonflement et de la tension (exagérée) des seins.

— De la nocivité du lait rendant les seins malades.

37. Inflammation des seins (Philoumène).

69. Sur l'atonie de l'utérus (Soranus).

70. Paralysie de l'utérus (Soranus).

71. La descente de matrice (Soranus).

72. Déviation, inversion et ascension brusque de l'utérus (Aspasie).

73. Ventosités dans l'utérus.

74. Hydropisie de l'utérus.

75. Sur le mole, qui est une affection de l'utérus, appelée par quelques-uns *hydéros*.

76. Gonflement de l'utérus (Soranus).

77. Satyriasis (Soranus).

78. Inflammation de l'utérus (Philoumène).

79. Pessaires anodins contre les inflammations de l'utérus.

80. Autre pessaire somnifère, anodin, amollissant toute induration.

81. Autre pessaire somnifère contre les inflammations.

82. Pessaire d'or contre les inflammations et déviations.

83. Le squirre et les squirrômes dans l'utérus (Soranus).

— Autre pessaire émollient.

84. Autre (recette) contre toutes les diathèses chroniques de l'utérus.

85. Laxatif en miettes, efficace contre les indurations d'une partie quelconque, relâchant les inflammations trop dures.

86. Pessaire tiré des écrits d'Archigène.

87. Emplâtre de baies de laurier, efficace contre les indurations (Oribase).

88. L'abcès (logé) dans l'utérus (Archigène).

88 (lire 89). Comment il faut opérer lorsqu'un abcès s'est formé à l'entrée de l'utérus.

Manquent les chapitres 90-99.

propre femme et qui enlève (les verrues) radicalement.

118. Sur les callosités (Aspasie).

119. Sur les déchirures produites dans l'utérus.

— Autre traitement (Asclépiade).

— Autre, immédiatement efficace.

— Autre, contre toutes les diathèses des lieux (affectés) chez les femmes et au fondement, arrêtant aussi les hémorroïdes.

120. Sur les squirrômes en forme de millet dans l'utérus (Aspasie).

121. Sur les efflorescences galeuses de l'utérus.

122. Sur l'abcès formé dans les lèvres.

123. (Recette) contre la hernie ombilicale des femmes.

124. (Recette) pour éviter que le ventre ait des crevasses et des taches noires, à la suite de l'accouchement (Aspasie).

— Autre (traitement) pour les ventres marqués de taches noires après l'accouchement.

— (Recette) pour dégraisser le visage et le reste du corps.

— Autre dégraissage actif.

— Autre dégraissage contre les plissements du corps (Rufus).

— Frictions contre les taches noires du visage, souvent expérimentées.

125. Recette pour nettoyer admirablement le visage et pour rendre le teint clair.

Les chapitres suivants sont des recettes de parfumerie.

— Préparation de myrrhes, de muscats, de condiments, de fleurs de vigne, de fumigations et d'autres parfums.

126. Poudre sèche grillée que l'on appelle berethria.

— Autre muscat.

— Préparation de (trochisques) arabes ou de (colliers) de pierre (à porter autour du cou).

127. Parfum sec à la rose (2 recettes).

128. Autre parfum sec appelé leucophyllon (feuille blanche), employé pour le cou et les aisselles.

129. Préparation d'un parfum liquide dont les femmes font usage pour leurs oreilles.

130. Préparation coûteuse de l'huile de Salka.

— Préparation d'un parfum liquide.

— Préparation du leucophyllon ou parfum sec blanc.

131. Préparation du foliatum (onguent).

— Préparation du foliatum (Oribase).

132. Préparation du specatum (?).

133. Préparation de l'onantharium (parfum au vin).

— Autre.

134. Très belle préparation de l'absinthat ou rhodabsinthat hygiénique.

(L'absinthe n'est pas mentionnée dans ce chapitre.)

— Préparation du rosat hygiénique.

135. Préparation du rosat.

136. Préparation d'un conditum (vinum) purgatif contre les glaires. — A employer l'hiver.

137. Préparation d'un absinthat.

— Préparation du seselitum (croton).

— Préparation de l'anisat.

138. Préparation du cuminat au mastic.

— Préparation du citrat.

— Préparation de l'apiat (l'ache).

139. Préparation à la pomme et à la rose (Rhodomelum).

140. Préparation au moût de vin.

141. Préparation du garum filant.

142. Préparation d'un parfum au musc pour fumigations (encensements).

143. Préparation de la fumigation (dite) royale.

144. Préparation d'une fumigation au musc envoyée de Dieu.

— Préparation d'une autre fumigation au musc.

145. Préparation d'une bonne fumigation à la rose.

146. Préparation d'un parfum au musc allumé dans l'église.

— Préparation d'une fumigation parfumée.

147. Préparation d'une bonne fumigation parfumée.

148. Préparation d'une fumigation agréable.

149. Préparation τῆς κυρίας Ῥωμύλου (parfum).

150. Fumigation à la rose τοῦ ἐμβολάρχου.

151. Fumigation à la rose de l'évêque Pamphylos.

152. Fumigation parfumée ou ψυκοτύχη.

153. Embaumement à la myrrhe des cadavres.

Je profite de l'occasion pour signaler un article de M. Alessandro Olivieri, publié dans les *Studi italiani di filologia classica* (t. IX, 1901), où le savant Italien parle d'un manuscrit d'Aétius exécuté au xᵉ siècle, lequel corrige heureusement en de nombreux passages l'édition aldine de 1534.

Le travail du Dʳ Zervos est bien fait; seulement il dénote un éditeur un peu inexpérimenté. Ainsi les proportions métriques des préparations et des recettes sont exprimées d'une façon singulière. Il écrit λα au lieu de λι ou λίτρα α', γοε au lieu de γο.ε', ξστ au lieu de ξέσται ϛ'. De plus deux chapitres successifs portent quelquefois le même numéro. Ce sont là des vétilles qui d'ailleurs n'enlèvent rien au mérite de sa publication. Je dois rappeler, en terminant, que, selon M. le Dʳ Zervos, Aétius a connu presque tous les procédés de l'obstétrique moderne.

P.-S. — On me signale une publication intitulée : Aetius von Amida, Geburtshülfe und Gynaekologie. (Buch xvi der Sammlung.) Ein Lehrbuch aus der Mitte des vi. Jahrh. n. Chr., nach. des Codices in der Bibliothek zu Berlin... zum erstens Male im Deutsche übers. von *M. Wegscheider*. Berlin, Springer, xxiv, 136 p.

Poitiers. — Imp. Blais et Roy

243

BIBLIOTHEQUE NATIONALE DE FRANCE

3 7531 00189355 2

www.ingramcontent.com/pod-product-compliance
Lightning Source LLC
Chambersburg PA
CBHW061638180626
46818CB00005B/2420

* 9 7 8 2 0 1 1 2 9 4 2 3 4 *